SV

Werner Fritsch
Jenseits

Suhrkamp Verlag

Druck: Nomos Verlagsgesellschaft, Baden Baden
Printed in Germany
Erste Auflage Frühjahr 2000

1 2 3 4 5 6 – 05 04 03 02 01 00

Jenseits

Am Ufer stand ich sagt er und meine Zunge vergaß
so viele Sterne bald fallen sie
und die Johannisbeeren schwarz in der Sonne

Ich bin nur Gast unter Bäumen
die im Abend verkohlen
Scheuch die Tauben auf sagt er

Uta Ackermann

Blues fallin' down like hail...
There's a hellhound on my trail.

Robert Johnson

I.

Druck ab Druck ab Druck ab schießt mir durch den Kopf Und der Schuß kommt nicht kommt nicht kommt nicht Wenn ich den Schuß nicht gehört hab bin ich ja bereits tot im Jenseits
Und Schwarz Filmriß total
Ich seh die Cora tot im elektrischen Bett vom Zuhälter Klostermeyer wo immer noch auf und ab wippen tut samt der Cora in ihrem Blut ohne Brüst Über ihr ihr Bild Ihre Granaten ewig groß auf dem bekackten Akt vom sonst abstrakten Maler Kopf Johannes Kann-Nix Kopf
Und Schwarz
Wer bist du hinter deiner Hitlermaske du mit deiner Nullacht von der Wehrmacht Druck ab Druck ab Druck ab Das ist das Ende Wolfram Sexmachine Kühn Und Schwarz
Dracula Werwolf Frankenstein Hitler Narren im Puff NATIONAL Polonaise in allen Farben Weiber eine Korsettschlange die sich in den Schwanz beißt und Klostermeyer heißt Die Cora drunter meine Frau meine ehemalige eine Hur eine ehemalige ewig geil ihr auf Negerin geschminktes Gesicht die blutroten Lutschlippen im Schwarz Supergranaten unterm Blutrot vom Bikini wo es ums Haar zerreißen tut und die Fut mit dem so sausüßen Himbeersirup dem Rhabarbersirup allweil kurz vor der Regel in schwarzen Strümpfen mit Mordsmaschen ihr Gött-

licher ihre Paradiesfrücht in die jeder beißen muß wo einen Sinn hat für Schönheit in der Birn Wer die Cora sieht dem zuckt der Adamsapfel automatisch im Hirn
Auf Ehre ich schwöre und ich Arsch laß so ein Weib sausen Aus *Cut* Nie wieder in diesem Theater müssen sie mir ja sakramentisch ins Hirn geschissen haben Total ungerührt die Götter des Nichts auf ewig und drei Tag Tod und Teufel
Und hinter ihrem Hintern her Faschingsdingsda im NATIONAL die Herren der Schöpfung mit allerhand Hutzeug auf brunzblöden Köpfen und im Hintergrund das Teufelstrio da Frankenstein Dracula Werwolf Frankenstein Dracula Werwolf Hitler das Teufelsquartett Der Klostermeyer und sein Russenmafiaclan Frankenstein Dracula Werwolf Hitler
Ja ja ja ich kenn euch Konsorten Ihr giftelt euch Tag und Nacht die Scheißköpf voll lungert Horrorvideo hin Pornovideo her zutodgelangweilt in Discos herum bis ein wirkliches Weib kommt einen Wodka oder was kippen tut an der Theke und wehe sie geht seichen
In dem Fall setzt ihr eure Masken auf Dracula Werwolf derweil der Frankenstein schon mit dem Mercedes vorfährt packt Dracula das Bombenweib an der Aborttür hält ihr das Maul zu zerrt sie zusammen mit dem Werwolf in die schon offene Autotür
Auch die Elsa ist ja die Tochter da vom Schnurrer Luck in eure Finger geraten im Tollkirschenrausch

halt ihr Maul im falschen Augenblick zu weit aufgerissen Unverschämtheit Was erlaubt ihr euch Bleibt wo ihr hingehört ihr Zigeuner ihr dreckigen hätt der Hitler kurzen Prozeß
Aber die schreien Gitler gutt Gitler gutt und der Werwolf geht zum Auto und kommt in einer giftgrünen Horrormaske von Hitler wo es in Karlsbad zum Kaufen gibt zurück und sie fahren ihr erst einmal kräftig über die Gosche in allen möglichen Sprachen Sie versteht nur irgend Hitler und versteht daß es auf Leben und Tod geht und sie betet wie die sie ohne Rücksicht zu geviert vornehmen und die Tragödie ist daß sie betet und die andern in ihrem Rausch glauben sie muckt noch immer
Und auf einmal holt der giftgrüne Hitler einen Strick aus dem Kofferraum legt ihn ihr um den Hals und bindet den Strick um einen Baum und hängt ihn an seine Stoßstange und fährt Stück um Stück an um ihr das Mundwerk zu stopfen durch eine Schlinge die sich Stück um Stück zuzieht Und Kohlenmonoxidgewölk mords noch auch in der Luft aus dem Auspuff und ist der Vergaser im Arsch von der Türkenkutsche der windigen
Gitler gutt Gitler gutt Geil Gitler Ihr könnts ja nicht einmal ein deutsches H Euer H ist ja ein G Haha Geil Gitler Geil Gitler Geil Gitler
Euch Hundskrüppeln müßt man das Handwerk legen euch Höllenbrut Ihr seid ja nichts als Nazis auf Mandrax und habts Gesichter wie Larven eine

Pest dreist ohnegleichen Könnts kein Sterbenswort Deutsch höchstens ein verhunztes Geil Gitler Geil Gitler Ficki-Ficki Aus Amen

Und morgen ist keiner mehr von euch in Deutschland Morgen ist ein anderer hinter der Hitlermaske Morgen tritt ein anderer auf als Frankenstein Dracula Werwolf Und ihr schürt schon längst wieder im Osten wo in der Ukraine wo in Kasachstan wo Gegen euch Killer euch grausige war der Federico der Killer aus Kalabrien noch Kavalier

Ich hab ja selber im Hinterkopf geglaubt an den Osten als Junger aber die real existierende Wirklichkeit war der Horrorfilm pur

Druck ab du Russenhund du räudiger mit deiner Gitlermasken mit deiner Nullacht von der Wehrmacht ich winsel nicht um ein Leben von euren Gnaden ich scheiß drauf auf ein Leben ohne Cora wo ihr ausgeknipst habt ihr perversen Säu

Mir glaubt eh kein Schwein Totschlag Totschlag Totschlag von der Cora das war kein Totschlag das war Mord Ich mach keinen kalt und keine gleich gar nicht und meine Cora da ganz gewiß nicht da kann unsereins Gift drauf nehmen

Wenn auf der Welt ach Gott ach Gott nicht alles zum Lachen wär dürftest du nicht einmal mehr gut aufgelegt sein Da müßtest du als armes Würstlein deinen Senf mit vor Zorn zusammengebissenen Zähnen hinunterschlucken auch wenn die Wut dir wie Meerrettich brennen tut auf der Zunge Ha Da

kriegt der Nullachtfuffzehnmensch doch seinen heiligen Horror wenn unsereins gut drauf ist trotzdem er dem Augenschein nach eine abgemurkst hat Totschlag weil ihm das Gesicht nicht gepaßt hat Totschlag weil er das Gesicht viel zu schön gefunden hat für die Welt die Figur viel zu geil im Grunde für Totschlag weil der Mensch nicht gut drauf war oder weil er viel zu gut drauf war Totschlag Brüst abgeschnitten weil sie sowas von vollkommen schöner waren als die Natur es erlaubt Totschlag Sowas soll vorkommen Totschlag könnt vorkommen oder ist vorgekommen Totschlag auf der Welt Und warum nicht auch nahe der Waldnaab wo ein Paradies war für Mord und Totschlag im Krieg Flossenbürg das KZ
Wer sieht durch seine Hitlermasken hindurch jetzt ein Mördergesicht wer ein Lammgesicht mit Wolfsaugen du doch nicht Mörderaugen sind Spiegel Da ist jeder durchschaut in solchen Spiegeln weil ein jeder eine gute Seite hat auch ich und ein jeder seine dreckige wie du Das sag ich dir Bruder Tod dir Bruder hinter der Hitlermaske
Ich weiß doch wie ihr auf Teufel komm raus Poker gespielt habt mit Blutgeld auf dem Rücken von einem Weib was der eine von hinten Frankenstein der andre war in ihrem Mund Dracula und die restlichen zwei Werwolf Hitler hat sie in der Hand gehabt
Oder wie ihr *stoneface* gespielt habts coole Miene zum heißen Spiel alle um den Tisch und eine war

unter dem Tisch und keiner von euch Saubären hat sich anmerken lassen dürfen welchen Schwengel sie grad saugen tut Und der Klostermeyer mich angehaut ob ich nicht gleich ein Video dreh bei der Gelegenheit aber ich scheiß auf so Sauzeug auf so Saugzeug

Wenn sie die Cora seziern sehen sie bestimmt überall Sperma im Magen im Darm in der Vagina und das ist eine Sauerei sondergleichen Wo sie das Kind geboren hat unseren Felix

Ein Kind ist ja so was Gewaltiges Ich das Kind an mich gezogen als ein blutiges nur durch die Nabelschnur noch verbunden mit der Mutter Das erste Herz was es auf der Welt schlagen hört ist das meinige gewesen

Und mein Felix hat noch heut in der Pubertät ein *special* Verhältnis zu mir Ich steh auf in aller Herrgottsfrüh schmier Wurstbrot für ihn Mach alles so gut es geht für den Buben

Spiel sogar in der Fußgängerzon in Nürnberg inkognito daß ich ein paar Kröten krieg für den Felix anständige auf den andern liegt ein Fluch

Ich spiel und spiel und spiel und spiel auf der Quetschen und an mir zieht der Fluß vorbei der Fluß des Lebens wie unter Strom

Die Leut hauen mir den Topf voll Irgendmal hab ich dreihundertachtzig Mark in meinem Sack im Handumdrehen und bin voll da und bin zugleich auch woanders und die gehen so an mir vorbei und

nna Achmatowa
Iannah Arendt
'eter Bichsel
'ierre Bourdieu
tewart Brand
ertolt Brecht
'aul Celan
rédérique Clémençon
acques Derrida
Iuruddin Farah
iiuseppe Ferrandino
Verner Fritsch
Rainald Goetz
Iorbert Gstrein
'eter Handke
ieoffrey Hartman
Verner Hecht
. F. Th. van der Heijden
Ibigniew Herbert
Iermann Hesse
Iinon Hesse
ranz Hodjak
Iary Kaldor
Ieiner Müller
ofia Nałkowska
Ioron Rabinovici
ierlind Reinshagen
Ianuel Rivas
ugusto Roa Bastos
Ralf Rothmann
iershom Scholem
Ians-Ulrich Treichel
iegfried Unseld
Iario Vargas Llosa

Suhrkamp

1. Halbjahr 2000

Hans-Ulrich Treichel

Ralf Rothmann

Peter Bichsel

Hans-Ulrich Treichel
Tristanakkord

Roman
Etwa 237 Seiten. Gebunden
ca. DM 38,– / öS 277,– / sFr. 35.–
(Februar 2000)

Mit *Tristanakkord* schließt der stilistisch elegante und mitreißend komische Erzähler Hans-Ulrich Treichel an das erfolgreiche Buch *Der Verlorene* an. In seinem neuen Roman geht es um die Musik und darum, wie Georg Zimmer, der schüchterne Doktorand aus Berlin, in die Fänge eines Komponisten gerät. Er folgt ihm nach Schottland, New York und Sizilien, wo er von einer seltsamen Erfahrung in die andere taumelt.

Ralf Rothmann
Milch und Kohle

Roman
Etwa 211 Seiten. Leinen
ca. DM 36,– / öS 263,– / sFr. 33.–
(Februar 2000)

Die Geschichte einer Familie Ende der sechziger Jahre. Der Vater, ein Hauer unter Tage: »Nur eine Stunde müßtet ihr mal da runter. Gestern bis zum Bauch im Wasser. Nie ein Stück Himmel.« Doch pflichtbewußt fährt er zu Zeche – während seine Söhne Simon und Traska aus dem Dunkel ihrer Verhältnisse zu fliehen suchen …
Erzählt wird von Sehnsüchten, Abenteuern – und ausgelassenen Festen, di dem Alltag so etwas wie Glanz geben.

Gottfried-Keller-Preis 1999

Peter Bichsel
Alles von mir gelernt

Kolumnen 1995–1999
Etwa 272 Seiten. Gebunden
ca. DM 38,– / öS 277,– / sFr. 35.–
(März 2000)

Alles von mir gelernt sind die schönsten und treffendsten, die witzigster und traurigsten Kolumnen, die Peter Bichsel von 1995 bis 1999 geschrieber hat. Er ist ein Autor, der sich und andere beobachtet, und Wichtiges wi scheinbar Marginales notiert. So werden aus kleinen Begebenheiten, die ma im Bergdorf Barbiana spielen, mal i einem Zug in Norddeutschland und ma in einer Kneipe in Solothurn, funkelnd ich spiel mein Lied auf einmal viel langsamer Die Leut bremsen ab weil ich sie hergebremst hab Und dann wieder schneller

Stop and Go wie beim Vögeln im Walzertakt immer wieder eine Musette dazwischengezwitschert für Mädchen *Moonlight Shadow* kommen alte Krücken durch Krebs im Arsch raff ich mich auf zum Radetzkymarsch Bin ich gut drauf spiel ich zwischendurch *Sex Machine*

Fällt ewig Schnee herunter putz ich nur die Zugharmonie und ab gehts Leise rieselt der Kalk Auf Marihuana bloß ein paar Schnapper wennst eine Hitz hast und alles friert rennt umeinander friert Und du stehst da hast eine Mordshitz so Wellen von Wärme wie bei der Geburt da vom Felix

Der wenn heult bricht mir das Herz wie neulich weil dem Feldwebel Göhl sein Bub in der Schul gesagt hat Dein Vater ist ein Dreckschwein Dein Vater schickt deine Mutter auf den Strich Mein Vater hat gesehen wie sie dem Stabsunteroffizier Schaller einen blasen tut vor dem Zapfenstreich Stimmt das Papa Und was ist das überhaupt Blasen

Nein Felix nein wo denkst du hin

Mein Felix lebt seit ich das große Arbeitslos gezogen hab wieder bei mir Jetzt zu Fasching kann er gar keinen Genug kriegen Hundert Schreckschußring schon knallt er durch mit seinem Spielzeugcolt mein Felixcowboy Die Hebamme hat mir das Kind wies aus der Cora kommen ist blutig in die Hand gegeben und ich hab ihn und da wenn mein weißes Hemd meine Weste blutig worden sind an mein Herz gedrückt und mich so ewig lebendig gefühlt wie seit ich aus meiner Mutter kommen bin nicht mehr Soviel steht fest Auch ist alles im Weidner Krankenhaus wie voll Gold gewesen wo in der Luft so pulsiert

Wenn dein Kind zum ersten Mal die Augen auftut die verschmiert sind mit Blut schaust du in eine reine Seele in einen Ozean aus Licht

Wie eifersüchtig bin ich allweil gewesen auf den Felix daß der so sauoft an so Sakramentsbrüsten saugen darf Wie sie mich verlassen hat die Cora meine Sonne zusammengepackt meinen Sohn weggerissen von mir Kein Zettel kein Nichts auf der Kommode Nachts auf der Küchenanrichte erst hab ich ihn liegen sehen Bin abgereist mit dem Buben komm nicht mehr Marylin oder ich

Und wie ich verliebt war in die Cora hab ich allweil aus Jux das Tellerbord abgehängt und herumgetragen in der Stube voller Stolz und wieder an die Wand gehängt Aber wie ich den Zettel gefunden hab das Tellerbord noch einmal von der Wand geholt Rotz und Wasser geheult und es Scherben bringen Glück im Unglück krachen lassen in der Küchen erst hab ich gemerkt wie abhängig ich geworden war vom Wissen um Cora um den Fels in der Brandung meiner Geilheit Cora war die heilige Ruhe in meinem aufgepeitschten Blut Cora und das

Glück durch das Kind und alles mir nichts dir nichts futschikato über Nacht
Wenn das Leben schon so gnadenlos ist wie gnadenlos muß erst das Jenseits sein hat mich wie ein Blitz die Wahrheit getroffen daß ich es allein ums Verrecken nimmer allein aushalt und mich gestürzt in Fickerei auf Teufel komm raus In fremden Betten nur so herumgekugelt in einer Tour aber fremde Löcher können einen auch nicht ausfüllen in dem Zustand Im Gegenteil sie reißen das gesunde Fleisch rings um die Wunde nur noch weiter auf noch tiefer geht der Wehding hinein ins Fleisch und wird regelrecht wie so ein Wundbrand im Herz
Ich war in dem Vierteljahr keine fünf Mal in meinem eigenen Bett und der Zudecker jedes Mal schwerer wie so ein Sack Erdäpfel im Anfang gegen Ende Granit
Hardrock gehabt im Herzen und am liebsten Soul gehört in der Liebe James Brown und irgendeine aus der Disco auf die Musikbox die kriegt in Nullkommanix Feuer im Arsch ist ja Rhythmus pur James Brown *I need your funky hole* Soul in Person zu *Ra Ra Rasputin Russias greatest love machine* hätten sie gewiß nicht so abgehoben Das sind ja nur Schauspieler die Weiber die knochigen bei Boney die singen keinen Ton alles Playback die Verarschung *Ma Ma Ma Baker* hoch drei total link alles Theater nur Schau Dann schon noch eher Hot Chocolate *You sexy thing*

Irgendwo ist auch bei mir Sense Meine Generation eine Totentanzgeneration Mehr Tote als bei meinem verschissenen Stalingradvater für den hab ich Zugharmonie lernen müssen Schifferklavier Quetschen und allweil Wenn der Hund mit der Wurscht übern Eckstein springt den Radetzkymarsch spielen oder wenn er auf Whiskey war den River-Quai-Marsch Mare du hast mein Regnschirm gstohln Mare dich soll der Teufel holn oder unter Wacholder den Hohenfriedberger gar vom alten Fritz

Und kaum späterhin den Elvis aufgelegt schon war mein Alter auf hundertachtzig und hat saugrantig gesagt Im Gerumpel von einer Dreschmaschin ist noch mehr Musik noch eher Rhythmus wie in dem Amitäterä da von dir

Unser Hitler das Heroin unser Stalingrad ist mir beim Ficken durch den Kopf geschossen und welche Zahlenkombination jetzt drücken daß es noch einmal kommt *Sex Machine* und so junge Dinger wollen immer egal wieviel Liebe ich in sie steck zu jeder *Love Parade* in Fixtehude die Luder

O Graus o Schreck zum Dreschmaschinenrhythmus auf Ecstasy herumzappeln bis das Arschwasser kocht Halleluja Nasenring wie Kongoneger Halleluja Karamba Karola grün ist all das Achselhaar einmal im Jahr und orange strahlt der Ypsilonwald

Ich kann sie doch auch ficken wie vierzigtausend Lover zusammen Da waren die doch noch in Abrahams Wurschtkessel hab ich schon meine Kenntnisse gekriegt in der Liebe durch die Schwester und Küsse durch die Kusinen

Ja die ganze Parade wo drüberrumpelt über sie ihre Lover ersetz ich original in Personalunion Aber die sagen wunder wie oft Mir kommt es nicht auf diesen Scheißsoul

Sag ich Weil ihr ohne Seele liebt

Und wenn mich der Teufel reitet reiß ich sie in meinen Megaorgasmus auch ohne Ecstasy auf der Musikbox eiskalt hinein einmal sogar zu Madonna Es geschehen noch Zeichen und Wunder

Drei Flaschen Four Roses oder sonst irgendein Bourbon Whiskey wo den Grabstein ein wenig hochgehoben hat von der Brust waren samstags keine Seltenheit Im August ist mir ausgerechnet der Stiersdorfer der Staatsanwalt da in der damaligen Tiffany- und jetzigen Gnadenlosdiskothek in Tirschenreuth über den Weg und in die beim Sweet-Home-Alabama-Tanzen Zufall Zufall ausgestreckte Hand gelaufen und irgendwie ungeschickt zu Fall gekommen

Ja ich hab den Stiersdorfer auf eigene Faust angesprochen und meine Aussage ist zum Glück nicht ins Aug gegangen die hat ihm nur Zahn um Zahn hintergeschlagen in die Goschen daß sich das Arschloch die Wahrheit hat zusammenklauben müssen wie das Gesetz es befahl

Muß ein Mordshokuspokus gewesen sein späterhin

auf dem Gnadenloslokus wie Zahn um Zahn die Gerechtigkeit aufgetaucht ist
Aber vorher die Marylin geholt die Hur wo ich als Ersatz für die Cora mitbracht hab aus Thailand Und dem Stiersdorfer blutig wie Sau auf dem Thron ist zum zweiten Mal Hören und Sehen vergangen wie die Marylin vor ihm auf die Knie geht Und ich ein kleines Video fix gedreht und fürs erste wie durch so ein Videowunder unverklagt geblieben
Oder sollt die Cora sollt die Cora ihm auch ein Brieflein geschrieben haben Die Cora hat früher angeschafft beim Klostermeyer und ist dann Kruzischeiße wieder zum Klostermeyer zurück das war ihr Untergang Am Tag ihres Todes noch hat die Cora tanzt mit dem Sauhammel tanzt für den Sauhammel Klostermeyer Und ich ich hab tanzt mit der Marylin und die Marylin mir geflüstert sie wird abgeschoben Der Stiersdorfer will es der Herzerpolizist will es der Richter Glück ist Gott sei Dank inzwischen tot Und das weil alle drei von der Marylin hin und weg waren Und die Cora wird wohl allen dreien ein Brieflein zukommen haben lassen mit einer Drohung und einer niederschmetternden Enthüllung für Ehrenmänner für verheiratete
Der Justiz und den Freunden werd ich helfen auf der Polizei Die glauben eiskalt ich hab ein wenig einen Vogel im Hirnkäfig Käuflich für ein paar Jahr Scheißfreiheit in ihrem Schatten von ihren Gnaden sollt ich für sie in aller Herrgottsfrüh singen auf

dem Revier ohne Schifferklavier ohne Kaffee ohne Nikotin und ohne dunkles Geschäft auf ihrem Scheißabort

Tod und Teufel Kein Stoff zum Singen nicht einmal gehabt und nichts über was ich singen soll für sie für die Katz ich bin doch kein so ein Vogel wo Ich hab dir schon ganz ganz andere Angebote gekriegt keinen Augenblick überlegt und kurzentschlossen ausgeschlagen Angebote wo sich gewaschen haben keine so dreckigen wie die da vom Staat Da und da hinfahren und den und den umhauen Das ja Ich bin doch seit Ewigkeiten der Hammer gewesen von Grafenwöhr Umhauen in Gottes Namen aber killen für fünfzig Brüder Grimm oder ewig viel Euro im Leben nicht so Hurenjobs so eiskalte gemacht so Killerjobs

Ich bin kein Mörder kein Killer Ich bin doch kein so ein Kaliber wie du der Leut killt wo er nicht kennt für dreckige Deutschmark Dollar oder Euro gar oder lausige Lire wie der Federico der Killer aus Kalabrien Der ist gefahren Winter für Winter seinen Makkaroniarsch in der Sonne des Südens untertags ins Meer geknallt und nachtüber für die Mafia Leut gekillt in Kalabrien Bis er eines Tages selber nimmer kommen ist Ausgekillt Arrivederci Federico

Huren dahergefickt Polizisten umgewuchtet Zuhälter niedergerungen Einem GI-Junkie die Nasen ohne Scheidewand abgebissen so einem Koksertrüppel dreimal insgesamt die Zähn gezeigt Und

das war mein Schwager der Sergeant Singer der Junkie Singer
Ich krieg im Knast zu Gehör Meine Schwester ist hinüber der Vater tot die Mutter unter der Erd hat dem Elvis die Hose gebügelt in Grafenwöhr dem Elvis Presley kennst du doch hoff ich du Russenschädel hinter der Hitlermasken den bekanntesten GI der Welt und der war in Grafenwöhr irgendmal in der Riobar sich seine Dienstmütze vollgekifft sein olivgraues Schiffchen und sich vollgebieselt
Mein Vater was weggeflucht weil die Mutter die versaute Hose gebügelt hat Das ist Negermusik da schlagen die Neger im Busch an die Bäum und ist seit Urzeiten tot der Vater
Sag ich Ich brauch Haftunterbrechung meine Schwester ist tot die Vera
Drei Tag hätt ich gekriegt hab ich gesagt Ich brauch fünf Tag ich muß alles richten
Ja sagen sie Der Direktor ist grad beim Essen
Dann soll sich die fette Sau ein wenig schicken mit dem Fressen weil der Schwestertod ist wichtiger wie Fressen
O Leck Jetzt hat der eine gesagt Hör mir auf sonst tun wir dich hinab
Hinabtun das ist das einzige was sie können Gummijacken Spritzen Jetzt hat er durchgedreht weil die Schwester tot ist
Der einzige Polizist wo ich nicht von vornherein umhauen tu weil er allweil wieder ein Aug zudrückt

auf daß ich ihn nicht hochgehen laß von Thailand her von der Marylin her ist der Herzer
Nur ewig schad daß der Blindfuchs ein Vollblutnazi ist wie er im Buche steht mit seinem verschissenen Polizeihund Hasso ein auf Zigeuner Kosovo-Albaner und Zeug und jetzt aus Jux auf BITTE ZAHLEN abgerichteter Sakramenter mit Mordskiefern
Immer wenn wer im NATIONAL so ein Unglücksvogel BITTE ZAHLEN gerufen hat der Herzer seinem Hundskrüppel nur zugezischt Hasso faß Hasso faß
Jedenfalls sag ich im Hafturlaub kaum daß meine Schwester eingegraben war zu meinem sauberen Schwager Zieh deine Uniform aus dann hau ich dir ein paar auf die Schnauze Sergeant Arsch vom amerikanischen Scheißkorps bis du zu singen anfangen tust Solang sie dich nicht verheizen im Krieg mach ich dir die Hölle heiß bis in den Tod
Und der zieht der Dummian der blödgespritzte die US-Uniform aus mein schöner Schwager Singer und ich wucht ihm wumm wumm wumm ein paar Schwinger in seine jüdische Visage Sonst hab ich ja nichts gegen Juden die sind mir vom Arsch lieber wie ein Nazi vom Gesicht Mein Vater hat wie die Vera aufgekreuzt ist im Anfang mit dem Singer sofort gesagt Das is ja ein Jüderl Das haben die irgendwie gerochen die alten Nazinarren
Und der Junkie Singer in Nullkommanix die Englein

singen gehört Halleluja Durch Heroin liegt meine Schwester in der Badewanne die hat er angeschossen der Wichskopf mit der Fixe O wie hab ich ihm dafür auf sein Hirn gesalzen auf seine paar Gramm Hirn
Im Schuppen einen Lichtkeil aus dem Astloch vor Augen mit meiner Schwester dem Früchtchen früher Erntedankgottesdienst gespielt und sie der Madonna da gleichgeschaut wie an Maria Wurzweih und im Licht kommuniziert daß ich ja in den Himmel kommen bin
Und jetzt liegt die Vera wie eine Hur unter der Erden durch den Höhenflug durch das Heroin von ihrem GI-Junkie wo ich ihr jedes Mal den Arm ins Kreuz gedreht hab daß sie ihn sich von ihrer Chirotherapeutin wieder hat einrenken lassen müssen wenn ich wo Einstiche gesehen hab von seiner Pumpe
Und ich schon gedacht Sie hat Weihnachten aufgehört derweil liegts Heiligdreikönig im Badedasblau bleich und tot In Grafenwöhr grad der Pfarrer im Licht der Sternlatern herumgezogen mit den Negerbuben zum Singen Und ich seh daß sich die Kuh das Zeug unter die Zunge gespritzt hat bis in den Tod
Meiner Schwester wie wir Gottesdienst gespielt haben wollt ich auch den Himmel zeigen das Jenseits wie es uns Ministranten der alte Pfarrer zeigt hat die Auferstehung unter unseren schwarzen Chorröcken

bei Beerdigungen hab ich immer den Totenkopf tragen müssen wo sich eine schwarze Schlange winden tut durch die leeren Augenhöhlen und ich am Grab immer durch das Gewicht vom Totenkopf geschwankt wie Gras im Wind
Aber meine Schwester hat nichts Rechtes gehabt zum Reiben und gesagt Das ist was Schlechtes was wir treiben Ist mir der Stoff ausgegangen zum Reden vom Jenseits scheiß drauf
Der alte Pfarrer war nicht übel obwohl er uns schon von Kindesbeinen an das Jenseits gezeigt hat die Himmelsleiter hat er doch zu mir gehalten und bei meinen Alten ein gutes Wort eingelegt Ich soll Kirchenmaler werden und einen neuen Höllensturz hinzaubern über den Altar in Dornbach Im Anfang aus dem alten Herrgott aus dem Lindenholz einen kinderfaustgroßen Nasenpopel geholt Weihrauch Jahrhunderte alt
Christi Himmelfahrt haben sie in der Kappelkapellen so eine Christusfigur hinter dem Dreifaltigkeitsaltar hochgezogen und wir gehen aus der Kirchen die Cora und ich und der Felix keine vier Jahr alt zeigt auf einen Düsenjäger am Horizont mit mords einem Rauchriegel und sagt Da fliegt er jetzt Papa der liebe Heiland
Ja ich will jetzt auch auffliegen will mich liegen sehen über meinem blutigen Körper stehen wie mein eigener Schutzengel
Laß es krachen Kamerad mir glaubt eh keine Polizei

mehr ein Wort keine Justiz Ist ja schon ein Wahnsinn ohnegleichen daß du aufstehen mußt wenn die Vollidioten in den Gerichtssaal kommen die Krücken da geht schon das Schauspiel los Fehlen bloß die Perücken noch auf ihren scheinheiligen Schädeln Mein Richter hat Glück geheißen Glück Gluckgluck hätt er heißen müssen Gluckgluck Der hat immer nur Einsperren einsperren geplärrt und einen roten Nischel gekriegt wie so eine Sau Der war wie der Nazirichter da wo dann ein brennender Balken aus dem Gerichtsgebäude erschlagen Das hat das Gerichtsgebäude und ist gewiß einiges gewohnt so ein Gerichtsgebäude nicht mehr ertragen all das Unrecht was da ausgesprochen worden ist im Krieg

Und mein Glück hat mit seiner Robe ins Publikum geplärrt mit seiner Rübe seiner roten Sie dahinten Sie haben gelacht geben Sie sofort Ihre Personalien ab Kaum aber ist was wirklich Wichtiges kaum ein Wort Wahrheit gefallen hat er ganz belämmert geschaut und getan als ob ihm kein Deut dämmert weil er nichts mitkriegen wollt über Leut wo ihm mißfallen haben wie ich der Hund der räudige

Jetzt sind dir die Staatsanwält besonders der Glück-Spezi Stiersdorfer der Hineinteufler allweil auf unsereins fein von heut auf morgen schön blaß worden und schauen selber voll Sorgen wie so Leichen aus Irr ihre Augen ihre Gesichter wie wenn wo eine Tielkühltruhe aufgangen wär und durch den Raum ein eisiger Hauch geströmt Die wollen doch eiskalt unter Verschluß halten daß er sich aufgehängt hat der Glück im Aktenschrank und im eigenen Gerichtsgebäude zutodgekommen ist original wie der Nazirichter

Ja ich Ich doch nicht ihr Aktenfurzer Ich war es doch nicht gewesen wo ihm die Krawatte gebunden hat im Aktenschrank Das kann er doch selber das Krawattenbinden das ist sein Glück sonst hätt ich ihm geholfen mit dem Selbstbinder und hätt meine zwei Leitzordner Lug-und-Trug-Vorstrafen Blatt für Blatt gegen den Arsch gewendet

Ich hätt irgendmal sogar höllische Lust und zerreißert ringsherum jedes Buch jede Zeitung ist doch nur erfunden worden all die Schrift auf der Welt um meine Seele Seite um Seite in den Dreck zu ziehen

Ein mords ein Glück gehabt daß er sich selber weggerichtet hat Ewig Leut auf Jahre verdonnert und kein Schwein gerafft wie hochgradig überspannt er ist außer mir

Aber es wird glaub ich das Brieferl kommt ein Vögerlbrieferl geflogen gewesen sein von der Cora mit einer Drohung einer klammheimlichen der Frau Glück einen lieben Gruß und ihm einen Kuß von der Marylin aus Thailand und daß die Marylin in Wirklichkeit

In meinem Fall hätt der Glück gewiß eine Mordsfreud jetzt und vor Glück gleich ruckzuck die Todesstrafe gefordert Die Todesstrafe weil ich meine

Frau massakriert Und nicht etwa nur einem bayrischen Polizisten das Ohr abgerissen wo einfach ums Verrecken nicht hat zuhören wollen der Narr daß ich unschuldig bin Unschuldig Unschuldig Unschuldig

Jetzt mit Mordverdacht im Kreuz würd mich der Glück ja öffentlich vor der Josefskirch vierteilen lassen und irgendeine beschissene Blaskapelle müßt mir in Gottes Namen am End wenn es hochkäm noch ein Ständerl spielen

Das ist ja ein Skandal sind Weiber drunter unter den Schöffen geilen sich mords auf über meine Geschichten und werden feucht am End Und weils feucht werden kriegen sie eine Mordswut über sich und wenden die Wut gegen mich

Ja wenn die hören ich bin über Huren aller Herren Länder gekommen hab sie sechs Stunden unter Koks nach allen Regeln der Kunst hergenommen da sehen die vor Sehnsucht rot Und wenn jetzt eine tot ist ist für die der Fall arschklar geritzt Mir glaubt doch kein Schwein auf dieser Welt daß ich die Cora nicht abgeschlachtet hab

Ja da bleibt kein Auge trocken wenn ich verzähle wie ich Wolfram Sexmachine Kühn in Nürnberg eine gefickt hab im Puff über Stunden und ihr Nürnberger Zuhälter ihr Anderl ist kopfschüttelnd im Zimmer gestanden und kopflos wieder abgezischt Und die Hur ist so geil geworden daß sie mir anstandlos das Astloch ausgeleckt hat und ich zu der Zeit gestunken wie ein Geißbock sieben Meter gegen den Wind

Und die hat vor Gericht gesagt Ich bin da nicht mehr im Puff im Geist hab nicht den anwesenden Herrn Kühn ich hab meinen Anderl im Geist unter einem blühenden Baum geliebt Und da war ein Fluß und jenseits vom Fluß ein Friedhof und ein Baum und im Baum die Eule ist über den Fluß geflogen auf unser Ufer und Flügelschlag um Flügelschlag größer geworden der Uhu groß wie eine sagt die Hand auf der Bibel die Kuh die dumme

Der Vogel wie gelandet ist hat die Erde gedröhnt in ihrem Kopf Der Fluß ist über die Ufer das erzählt die göttliche Anastasia und ist die jüngste nicht brühwarm vor Gericht Die hat zuvor hab ich ihn zum Teufel gehaut noch in Nürnberg ihren Anderl dann anfangen können original im NATIONAL die Anastasia

Ich weiß ihr Saukrüppel fickt sie nicht einmal mehr in den Arsch aber die Anastasia ist eine gute Haut steht ewig auf Buddha Was ich nicht immer mit ihr für Disput führ ich für Christus sie für Buddha

Ich bin ja jahrelang ein Träumer gewesen im Hinblick auf Weiber durch und durch eine romantische Seele im Grunde voller Sehnsucht Jaja wer jetzt lacht ist eine arme Sau Ich hab eine Zigeunerin drei Jahr verehrt der Mira Blumen geschickt Rosen Meine erste große Liebe war platonisch im Grunde Tag für Tag der alten Zigeunerin ihrer Großmutter

Kognak zukommen lassen und Zigaretten für den ganzen Clan
Die Alte allen Zigeunerfrauen geboten wen sie heiraten dürfen und wen nicht und die unterordnen sich im Zigeunerclan blindlings
Ihre Führerin im Raucherzimmer immer wieder gesehen samt ihre schwarzen Haar zum Zopf gebunden bis zum Arsch hinab in einem blauen Bademantel getanzt mit weißen Punkten im Kreiskrankenhaus hat sie der Schlag gestreift
Auch nach dem Schlaganfall ist die Alte die Führerin hat ihren Mann kennengelernt im KZ Sowas miteinander durchleben die Hölle und nicht kaputtgehen daran sowas schweißt zusammen
Obwohl genug im Lagerbordell in Fetzen gefickt worden sind unter anderen von ihren eigenen Kapos und von Landsern gewiß auch die sexuelle Revolution hat in mir den Irrglauben hervorgerufen gehabt daß die alten Deutschen nur deswegen mit Flammenwerfern
Feuerfackeln gemacht haben aus Menschen vom KZ Flossenbürg bei uns daheim zu schweigen weil sie nicht gefickt haben ist der Honig wo Leben hervorruft übergegangen in Grausamkeit Aber jetzt schaut es sogar im Fernseher so aus als hätten die alten Säcke gefickt nur Massenerschießungen sollen Impotenz hervorrufen
Eine Rotte Zigeuner illegal über die tschechische Grenz ist ja die Hölle los Hubschrauber machen

Treibjagd um Treibjagd auf Kosovo-Albaner Osthuren allen Teufel
Und die Zigeuner da sich im Maisfeld versteckt vom Schnurrerbauern Zuerst hats geheißen Wildsäu Wildsäu sind im Mais und in Nullkommanix Hund hineingehetzt und die in Windeseile zusammengetrommelten Jäger eine Schützenkette rings gemacht um den Mais bis es der König Ambrosius in Wirklichkeit selber der größte Wilderer wo Wildsäu erlegt mit gekochten Erdäpfeln inwendig voller Schlaftabletten in dem Fall aber Kopf der Sautreiber spitzgekriegt hat und die Polizei gerufen
Jetzt darf der Schnurrer Lukas keinen Muckser machen und muß mit dem Schlepper und dem Feldhäcksler ringsherummähen Maisstaude um Maisstaude und nur in der Mitten sind ein paar stehengeblieben ohne Kolben bis es die Zigeuner beinah mit Haut und Haar in die Häckselmaschin zogen hätt solang haben sich die versteckt
Und auf einmal reißen die rassigen Weiber ihre Röck hoch bis über die Köpf und haben allesamt nichts drunter als einen blutigen Ypsilonwald
Und sagen später auf der Polizei aus Die Jäger unsere Männer gehalten und König und Sautreiber uns vergewaltigt
Man schon Großmutter Kind gerissen von Brust und Kind Ofen geschmissen in Auschwitz muß eine ausgerechnet dem Herzerpolizisten gegenüber geklagt haben Jetzt hats dem Nazivogel von Herzer

das Hirn herausgehaut und er hat nur gesagt Kommens einmal mit Und eine Sondererfassung Sinti-Roma gemacht mit ihr und will Maiskörnlein gefischt haben aus der Vagina
Aber die Alte aus dem Kreiskrankenhaus und ihr Clan waren schon ewig in Deutschland Und ich sie irgendmal besucht zuhaus ist mir ihre Enkelin pfeilgrad ins Aug gestochen die Mira die noch wie wunderbar Jungfrau war mit fünfundzwanzig Wo findet man sowas unter Deutschen
Und ich auf die Mira scharf wie der Fuchs auf die Tauben Drei Jahr den Schwanz in der Höh Drei Jahr kreuzbrav herumgeschlichen um sie
Für die Mira Feuerl geschürt am Rothenbürger Weiher Akkordeon gespielt Zigeunerlieder improvisiert und sie hat irgendmal gesungen
Brutal romantisch gewesen im Grunde Aber zu keinem Stich gekommen im letzten Ich Arsch mich halb waidwund wichsen müssen sonst hätt ich gar nicht reden können mit der so geil wie ich war so heiser am Telefonhörer so heiß wie die Hölle aber Kavalier zeitlebens Casanova ja Don Juan in Gottes Namen Nie Gewalt angewendet nie Druck lieber siebenunddreißig Mal pro Tag gewichst und alle Geilheit abgefackelt in Gedanken
Weh wenn jetzt wer lacht Tatsach wahr ich war ein Träumer Ich hab geglaubt unsere Generation *Love* und ein Rauchpiece reißen den Lauf der Welt herum

Den Lauf der Welt der immer schon eine Mündung ist wo dir der Tod vors Hirn halten tut und auch abdrückt aber zum Glück klickt es immer wieder leer oder ist nur ein Schreckschuß

Jedenfalls hab ich in der Jugend immerhin ein paar Jahr Schimpansium durch den alten Pfarrer jahrelang geglaubt der alte Scheiß verschwindet wenn die alten Sakramenter in die Gruben fahren Lieber Adolf deine Kameraden vom Kriegerverein legen dir diesen Kranz nieder Ja das ist der deutsche Schützenmarsch der Hitler hat ein Loch im Arsch

Aber jetzt kommt er von allen Seiten aus allen Druckspalten allen Dreckskanälen Gegen den Scheiß hab ich mir nichts dir nichts eine *Pumpgun* gerichtet den Lauf abgesägt und im Türstock versteckt unter einem Deckbrett

Falls die braune Brut aufkreuzt und was will von mir von meinem Kind wucht ich sie eiskalt um Wumm Wumm Wumm Wumm

Aber daß jetzt einer von der Russenmafia mit Hitlermasken mir das Lebenslicht ausblasen tut mit einer Nullacht von der Wehrmacht will mir nicht ums Verrecken nicht in den

Was schüttelst du den Kopf

II.

Kopf Kopf Kopf Das wirst doch nicht du sein Kopf Johannes Kann-Nix Kopf Kunstmaler Über dem elektrischen Bett vom Klostermeyer für dreißigtausend Eier hängt ein Bild von dir Kopf Johannes Kopf

Ein original Kopf das ist lauter so Gepünktel wie wenn ein Huhn in einen Farbtopf getatscht ist und über die Leinwand stolziert das Vieh das saublöde

Ja ich weiß ich weiß Kopf Jeder Mensch ist ein Künstler Sogar der Joseph Beutz Kann nicht einmal einen Hirsch gescheit malen Verstehst

Ich weiß was Kunst ist und ich könnt sie besser als du Kopf und besser als Gott und die Welt

Bis mich meine Mutter zum Häcksler in die Metzgerlehr gesteckt hat war ich auf Teufel komm raus kurz davor Kirchenmaler zu werden Aber unser Pfarrer ist gestorben bevor er aufgeflogen ist Das war das Aus für den Höllensturz in Dornbach Das Altarbild von Meister Wolfram Kühn Tod und Teufel

Aber im Kopf da mal ich ihn immer und ich weiß auch wer alles wo hineingehört der Klostermeyer als Hauptteufel und seine Mordkumpel hinter Masken der Glück dazu und all die verdammten Richter und ihr höllisches Polizistengeschwerl und du Kopf weil du ein Schauspielerkrüppel bist und kein Bild zu-

sammenkriegst wo unten ein Fluß ist voll Schwefelfeuer und Dämonen und auf den Bergvorsprüngen ringsherum stehen die Ruinen in der Erinnerung wie durch Sturm aus Windmaschinen umgerissene Filmkulissen
Und ich seh meinen Vater Eierhandgranaten am Koppel vor Leningrad
Tote die Gesichter schwarz unterm Schnee die Augenhöhlen leer Die Haut gelb wie die Zähn in Mundhöhlen wo die Lippen weggefault sind
Tote Pferde im Geschirr Zügelfetzen in Skeletthänden Pelzkappen wie oft über Totenköpfen Die haben Tote gefressen hat mein Alter verzählt unter Wacholder Die Mütter ihren Kindern Tote gegeben statt Brot Schlangen mit Schlitten voll Verhungerter Schwarzer Schnee aus dem Himmel verkohlte Worte einer in Brand geschossenen Bibliothek Die Sonnenkugel wachsgelb über der grüngrauen Newa Pfauenaugen aus Bibeln vom Feuer getigerte Buchstaben Tut sich der Himmel auf Ob wer Gott gesehen hat ist die Frage Hungervisionen in Stalingrad für meinen Vater muß die Hölle gewesen sein
Nach dem Krieg nie mehr Fleisch gegessen und ewig dagegen gewesen daß ich in die Metzgerlehr geh auf Wiesau Du guter Gott Lehrbub beim Saugottfried
Und was hat der Saugottfried ein entfernter Vetter von der Mutter trotz Holzbein nicht für Zeug getrieben

Im Viehkarren herumkutschiert Im Saulaster Jeder den Saugottfried gekannt Jeder den Saugottfried gegrüßt Tagelang im Suff aufgefunden im Vollrausch ohne Hosen ohne Holzbein im Heuschuppen samt Zechkumpanen und höllischen Luschen Und die Luschen haben ihn allesamt hineinrauschen lassen Wie oft sind welche von so Weibern aufgekreuzt bei seiner Alten unserer Häcksler Hertha nach dem Gottesdienst Der Saugottfried hat mich angebrannt Ich krieg ein Kind vom Häcksler Gottfried Ich will Geld

Ja der Häcksler heimgekommen vom Frühschoppen im Surrer die regulären Kinder weggesperrt und die Alte weggesperrt und gesagt zu der Jeweiligen Wenn ich so teuer zum Stehen komm dann kann ja jetzt nichts mehr passieren

Und ist gleich noch einmal drübergerumpelt Davon geht die Welt nicht unter Und hat wie oft erst wirklich ein Kind gezeugt weil das die Schnallen auch schon wieder überrissen gehabt haben und haben sich hingehängt an den Häcksler oder waren sogar schon schwanger wer weiß von wem Und er hat dürfen spielen Zahlemann und Söhne und sind auch irgendmal Töchter geworden aber es hat ein jedes Mal ein Eck weggerissen vom Häckslerhaus Bis ihn der Löwenstein aufgekauft hat

Ich meinem Vater jedenfalls mit Fleiß fort Preßsack mitgebracht Häckslerpreßsack mit Musik oder Kesselfleisch frisch von der Hertha

Und nicht ums Verrecken mehr Fleisch gegessen
Hat unter Garantie Kameradenfleisch gefressen im Krieg der Vater
Ach wenn ich Maler worden wär statt Metzger Alles alles alles was die Leut so sehen als letzten Film kurz vor dem Abkratzen wär in mein Bild gekommen in den Höllensturz von Dornbach Kopf
Aber wenn ich Bruder Bruder so ein Bild anschauen müßt von dir Kopf vom Bett aus verging mir auch das Vögeln egal welch ein Weib ich da unterm Hammer hätt Da hilft auch eine Matratze wo elektrisch auf und ab wippt wie so Wellen im Meer einen feuchten Dreck Ein gescheites Weib was wirklich Feuer im Blut hat läßt sich doch nicht so hinters Licht führen unter Strom und dann noch und das ist der Abschuß so ein Bild das ist der Gipfel so ein Bild in der Liebe vor Augen so eine Kunst wo du in der Liebe schon elektrisch zum Narren gehalten wirst als Frau von so einer ausgequetschten Zitrone von so einem durch und durch ausgelutschten Zuhälter wie dem Klostermeyer wo schon einmal original im Kopf eine Ader platzt ist auf einer Russenhur in aller Herrgottsfrüh in Unterhosen durch Eger gelaufen ganz unschuldig geschaut wie ein Schwalberl wenns blitzt und nicht mehr gewußt wer er ist und wie er heißt und wie er hierherkommen ist in dem Aufzug der Klostermeyer in Untermontur in Eger
Weiß kein Schwein was das darstellen soll der Scheiß

da von dir Kopf beim Ficken Die Künstler verarschen die Leut doch nach Strich und Farben Die Maler und die Dichter Alles getürkt Alles Theater Selbst auf einem gutgefickten Weib ist der Höhepunkt gefakt
In Wirklichkeit dreht es sich um den Schein um die Scheine wie beim Kebabkönig hat eine Kebabkette durch Nordbayern und Südthüringen Hackfleischkebab unter aller Kanone am Spieß und hockt als Moslem fort im NATIONAL auf die Cora megageil predigt der dir in einer Tour vom Koran Wenn unser Blick rein wird sehen wir Gott in allem
Sag ich Und wenn unser Blick klar wird sehen wir den Teufel in jedem
Der Teufel ist nur in dir tut er daher
Ich bin kein Teufel weiß Gott Ich hab bloß einen Mordshaß auf das Volk was einem fort was vorschreiben will oder in einem fort eintrichtern was richtig ist und das ist falsch Was ich tun darf und was ich lassen soll da pfeif ich drauf Ich mag euren Imam wo ausschaut wie der Dschingis Khan Dem ist der Koran göttlich wurscht Ich als Imam sein Wegweiser und Wegweiser nicht können gehen Weg weil weisen Weg Wenn gehen Weg und nicht weisen Weg Weg weg und Weisheit weg und Finsternis von Jetztzeit groß ohne Zeiger auf Jenseits
Und was hat so ein Gottsucher wie du allweil im NATIONAL zu suchen Kebabkönig
Ich bin der einzige Engel und höre alle sagen Einen

Schluck Wasser das Feuer hat unser Fleisch und unsere Knochen verzehrt

Sag ich Wie du die Cora anglotzt fängt durch die Glut aus deinen Augen ihr Baströckerl und ihre schwarze Blusen Feuer

Wenn die Elenden zu essen begehren wird man ihnen bittere Früchte eines Baums aus purem Feuer bringen

Hör auf Kebabkönig dir geht es im NATIONAL nicht um den Koran um die Cora geht

In dem Augenblick sein Handy er ewig auf türkisch ins Telefon dann totenbleich auf deutsch Meine Oma ist gestorben vor zehn Minuten in Ankara Und zischt ab ohne einen Ton

Wollt mir am End eiskalt hineindrücken daß sie gestorben ist weil ich mich nicht ruckizucki auf Koran hab trimmen lassen Bekehren laß ich mich höchstens durch der Cora ihre Paradiesfrücht für die nehm ich eiskalt die Höll in Kauf

Das ist die Wirklichkeit ihr scheinheiligen Kameraden O Kebabkönig o Künstler o Kopf Du und der Dichter

Unser Dichter aber ist nicht mehr dicht will auf einmal was wirklich Schönes schreiben von der Natur von der Liebe von Gott von seiner Frau von Johanna seinem Kind

Aber das was ich fort verzähl so ein Film so ein Superfilm wär das Und wenn das wer aufschreiben tät den Nobelpreis nichts Geringeres als den Nobelpreis So tät das reinhauen Direkt Dynamit Der Kracher schlechthin Ein Gotteshammer pur Wenn wer nur so reell wär im Kopf und alles real aufschreiben tät wie er wie es ist Habe die Ehre Ich ziehe den Hut

Nein nein nein der Dichter will jetzt nichts Böses mehr schreiben Alles in ein schönes Licht bringen Aber das waren noch Zeiten noch Stücke wie er noch hinter Stoff her war damals wie der Teufel hinter der armen Seel und gesagt hat Stoff find ich wo es Nacktheit gibt Die Nacktheit hat ihn zeitlebens angezogen

Hahaha im Kopf hätt ich es schon Ich wenn mir den Kugelschreiber in den Arsch steck bin ich auch dichter Ha Als Musiker sowieso der Wahnsinn auf der Quetsche inkognito und als Maler mit dem Pinsel von Haus aus besser wie du von Natur aus

Das ist die Wirklichkeit Vom im Zorn abgesägten Muttergotteskopf mit deiner Schwester Irmgard als Modell abgesehen hast du ja nichts zustande gebracht in der Kunst Den Muttergottesrumpf hat die Kirchgemeinde dann zum Teufel hauen dürfen und dein Honorar wirst heut noch nicht zurückzahlt Spielst lieber auf verrückt auf Künstler auf abstrakt

Du tust doch nur so wie ein Maler tut Nur so tun tust du Nur so tun tust du scheinheiliger Schauspielerkrüppel du scheinheiliger von Kopf

Ha Unser Herr Kopf der stellt sich glatt in der

Fußgängerzone auf samt Leinwand und Staffelei und tut eiskalt so als tät er feinsäuberlich Strich für Strich und ganz ganz akkurat Farbkleckser um Farbkleckser die Türm von der Josefskirch malen und dann schaust auch noch immer wieder scheinheilig auf die Kirchtürm kneifst noch die Augen zu Schaust wieder Schaust und studierst und tust alle heilige Zeit einen Tupfer Sinnierst wieder ewig drüber und drei Tag über deinen Scheiß fuchtelst auf einmal wie so ein wilder Kongokrieger mit der Paletten herum und mit deinem Ochsenschwanz von Pinsel

Und kommen die Leut einher wollen auf das Bild linsen ob es auch man ist ja auf alles gefaßt heutzutag künstlerische Freiheit künstlerischer Privatwahnsinn überhaupt nicht das Problem einigermaßen wenigstens übereinstimmen tut mit der Wirklichkeit von der Josefskirch und ihren Türmen

Ach Gotterl ach Gotterl Weit weit gefehlt Du und das ist ja die Höhe malst arschkalt statt den Josefskirchtürmen deinen Farbzinnober deinen Strichhokuspokus hin Ich seh im Grunde nur Rot Rot Rot Aus Tausend Mark Für sowas Tausend Mark für die Leinwand vollkacken

Frag ich den Klostermeyer was das Trauerspiel vom Kopf soll in der Fußgängerzone Sagt der du hättst gesagt Wenn du die Josefskirch eins zu eins abgepinselt hättst Das könnst du ja gar nicht Spruchbeutel müßtest sie hinterher in die Luft jagen daß nur dein

Bild mehr existiert von der Josefskirchen und ihren Türmen
O Gott jetzt kommt mir aber ein Gedanke Teufel Teufel du deiner Muttergottes hast den Kopf abgesägt und der Cora ihr Akt in Rot war nicht abstrakt ihr Tod Der wo deine Gaudimasken zeitlebens hat tragen müssen in Fleisch und Blut war ja auch ein gescheiterter Maler Alles klar Kopf
Und der Klostermeyer ist so blöd und kauft so Zeug seit er mit dem Waffenverschieben auf die Schnauze gefallen Alte NVA-Kalaschnikows am End über den Kebabkönig an eine Türkengang vercheckt auf einmal kommt eine Horde Kurden und haut ihm seinen Laden zu Klump sein hochheiliges NATIONAL
Ich wunder mich trotzdem warum der als Zuhälter Waffenschieber Videothekenbaron auch noch die Scheißbilder vom Kopf hochjubeln muß
Oder wie der Narr als Sauspielregisseur auftreten ist Das hätt man drehen sollen Das wär ein Mordsjuxfilm worden
Tatarata Tatarata Russ Klostermeyer und sein neues Meisterwerk SUPERVIXENS II
Ich war sogar eine Zeitlang Kameramann beim Klostermeyer acht Superfilm gedreht aber der Klostermeyer ist selbstredend kein Regisseur
Die Weiber wo aufgekreuzt sind vor meinem Objektiv total unterbelichtet seine Hauptdarsteller stocksteif als Schauspieler aber als Liebhaber alles andere als

Unscharf in jeder Hinsicht um im Bild zu bleiben Was ich sinnlos für sündteures Material verschossen hab geht auf keine Kuhhaut und in kein Kopierwerk Kaum je einen *cumshot* original festhalten können auf Film Und ach Gott ach Gott die *locations* erst zwielichtig von oben bis unten von hint bis vorn
Ich war Tag und Nacht am Durchdrehen Und der Klostermeyer x-mal wenn der Dreh fix war für Donnerstagmittag wie oft erst Freitagmittag wo der Fixdreh schon wieder abgeblasen war aufgekreuzt und so getan als hätt es den Tag dazwischen nicht gegeben Kruzifix
Nein Nein Nein der Klostermeyer ist kein Regisseur und im Traum kein Bilderdealer will aber auch in der Kunst überhaupt keinen Durchblick der Blindfuchs als Galerist gelten oder zuwenigst als Kopfmanager Der Klostermeyer kauft den größten Krampf einher grad wie er ihm gefällt Tatitata total plemplem stellt sich in der Kunst an wie die Kuh zum Geigenspiel Kaufen laß ich mir ja eingehen weil es am End noch blödere Rindviecher gibt wo ihm das Bild aus der Hand reißen für zweitausend oder noch blödere Küh wo ihm das Bild von der Wand reißen für dreitausend für viertausend am End wenn es hochkommt
Weil um den Schmarren schönzuficken gabelt er zum Bleistift so eine Zahnarztgattin auf die von Haus aus nichts ist als eine dummgebliebene Sprechstundenhilfe wo dem Zahnarzt schöne Augen ge-

macht hat beim Löcherausbohren derweil sie den Saugschlauch im Maul gehalten hat von irgendso einem armen Würstlein
Oder eine Doktorgattin Nichts als eine dummgebliebene Krankenschwester wo unsereinem ihr Fieberthermometer in den Arsch geschoben hat daß wir wer hat schon hinten Augen nicht sehen wie sie den jungen Arzt frisch von der Uni nichts wie Fachchinesisch und Leichenschnippeln im Schädel bei der Visite mit Quecksilberglotzern fixiert
Oder der Klostermeyer fickt ehrenhalber eine Richtergattin für die Kunst wie die Frau Glück die früher nur ein Hausmädchen war wo nicht nur Staub gesaugt hat mit dem Staubsauger Vampyr sondern so ein Säugetier Ist jetzt mordsgeschäftig auf Christustrip den Trieb umgepolt auf ewig den siebten Himmel geopfert
Da hätt der Cora ihr Hinweis hineingehaut wie eine Briefbombe bei der Glückin du guter Gott
Die Weiber einen Haufen Geld in der Hand und von Kunst keinen blassen Schimmer keinen Dunst Und so eine Existenz sticht der Klostermeyer mit Vorliebe hinauf und redet ihr ein Superkunst Supergelegenheit Total günstig ein echter Kopf Vollkommen furios oder furschikos Oder wie er immer sagt weil er so begnadet blöd ist der Klostermeyer so furschikos im Kopf wie sein Maler Johannes von dem er der Welt von eingebildeten Kühen in Weiden Machwerk andreht um Machwerk

Ein vollkommen furschikoser Kopf Garantiert Kunst garantiert echt Für nur fünftausend Mark Das ist wenn man es recht bedenkt tut der Klostermeyer noch dummdreist daher Im Grunde geschenkt
Soll er mir die Piepen geben statt dir seinem furschikosen Scheißkopf ich hau ihm einen um der ihm krumm gekommen ist Da hat er wenigstens was für sein Geld Was Gescheites
Und jetzt tu deine Bleispritzen her du Wichskopf kannst eh nicht abdrücken brauchst gar nicht zum Schein die Trommel drehen lassen
Und Servus
Klick

III.

Glück gehabt
Klostermeyer Du Klostermeyer alles klar Jetzt kommt es mir Du Druck ab Klostermeyer die Cora hast ausgeknipst mich mußt auch nicht verewigen
Jetzt kommt es an die Sonne Du Du hast die Nullacht eingesteckt vom Heinold wie er aufgekreuzt ist als Neandertaler im NATIONAL
Und du seelenruhig deine Pratzen von der Cora ihren Milcharschbacken bist gewiß kurz vorm Ehebruch unterwegs gewesen zum Mittelpunkt der Erde unterm Baströckl ausgerechnet mit dem Ringfinger weil dein Mittelfinger ist ja weiß der Kuckuck woher und warum steif und wie ohne Blut und hast das Ding Nullacht von der Wehrmacht wo mein Tod sein will mit deiner Rechten wo riechen tut nach meiner Cora entgegengenommen vom Heinold und dir am End entsichert in den Hosenbund gesteckt Sauhund
Derweil der Heinold im Bacardi-Cola-Rausch wie einen Springteufel seinen rosaroten Kaktus unter der Sackkutten rauszaubert ein Kreuz damit schlagen tut über dich und meine Cora der Kruzifix-Schweinepriester der
Da ist mir der Narrisch gekommen und ich auf Teufel komm raus Garantiert feuerfest geplärrt und geschwind mein Goldfeuerzeug ausher und mir nix dir nix dem Heinold seinen garantiert feuerfesten Pim-

mel abgefackelt bis der ausgeschaut hat wie das Mordsgerät von Konstantin dem Afrikaner wo büßen muß im Fegefeuer für das ewige Arschgevögel auf Erden Bloß tut unser Hellseher von Heinold Respekt Respekt mit keiner Wimper auch nur einen Zucker nach dem Motto wo ein wenig aus der Mode kommen ist unter Deutschen Nicht nachgeben zwingt alles

Und der Klostermeyer mit der Cora schon wieder beim Charlestontanzen die Cora mit dem Hintern gewackelt und auf Teufel gib den Geist auf gewippt mit der signalroten Naht zwischen den saugeilen Arschbacken und ich noch gedacht O je jetzt schleppt sie der Saukrüppel Klostermeyer auch noch Und geht ihm schon einer ab wenn sie vor ihm die Wendeltreppe hochtigert Wird er sein elektrisches Bett in Schwung bringen und das Bild beleuchten vom Maler Kopf

Das war ihr Tod so ein Scheißbild vor Augen Klostermeyer du bist der Teufel in ihrem und meinem Leben gewesen

Ich weiß noch wie ich gestanden bin am Grab von meiner Mutter und vom Andachtsjodler den ersten Ton noch gehört und ins Loch gestarrt und wusch war ich weg

Ich hab beim zweiten Ton schon nicht mehr gewußt wo ich steh Irgendwie abgehoben wie auf zwei Flaschen Moskovskaja Da kriegst du Flügel im Kreuz Kamerad Da ziehts dich im Angesicht der Ewigkeit

wie mit Gewalt gegen den Himmel und mit dem Arsch hinab in die Unterwelt Ins Muttergrab Ins Weiberloch Da läuft doch die Scheiße bergauf in der Ewigkeit
Und Sylvester für Sylvester ist ein Filmriß finsterer gewesen als der andere in der Jugend schon und wie finster wird erst das Alter werden
Und eines Tages am Muttergrab gestanden und den Andachtsjodler gehört als Alkoholiker ohnegleichen auf Erden
Wenn dir der Alkohol einmal aus den Ohren spritzt in aller Herrgottsfrüh Bruder und du mit der Zaunlatte ein Zelt baust Bruder und kriegst die Zaunlatte ewig lang nicht weg Bruder und du könntest einen jeden Besenstiel ficken wo einen Fetzen umhat und du bist mit der Muttermilch bereits voll Sprit und saubilligem Wermut und was weiß ich Kuemmerling und mit ein wenig Dusel voll Jägermeister im Blut unterwegs auf der Welt
Eine Mutter wie keine Mutter war meine Mutter So saubilligen Fusel aus Kaltenbrunn gesüffelt und allüberall Eierlikör geschlürft und in der wilden Zeit in Grafenwöhr vollgekiffte Vietnamfighter ausgesaugt wie so ein Steinmarder Das Hurenloch
Im Anfang von der Mutter her mich an Jägermeister gehalten und die ersten Hamburger gefressen wo ausgeschaut haben wie so eine warme weiche Brust ohne Nippel Durchs Saufen schon gezittert vor Heißhunger und Gier wie die Händ von meiner

Mutter die haben gezittert in aller Herrgottsfrüh Auf Beerdigungen hinauf da wird nach der Totensuppen so hundssakrisch gesoffen daß jeder Gedanke an den Tod wie ein Witz wirkt von einem Kasperlkopf erfunden und grausam grad an
Und die Kneipen wird von Stund zu Stund bei Totensuppen mehr zu einem Karussell zu einem ewigen bis alle auf allen vieren heraustaumeln wie die Törichten und das ist wenn Neptun und Mond eine Verbindung eingehen der Fall
Und da geht alles über in alles und alle fallen über alle in Alptraumgeschwindigkeit her und du landest den ersten Ton Andachtsjodler im Kopf mir nichts dir nichts in einer Wohnung
Dreißig Leut landen mir nichts dir nichts auf einmal in einer Wohnung und keiner weiß wie er hingekommen ist und wo der andre herkommt und die dicken Röhren gehen ringsherum Und meine Mutter war keine acht Stunden unter der Erde taucht nach der Muttertotensuppen mit einem Pulk Huren nicht der Klostermeyer auf in irgendeiner Wohnung
Irgendwo in der weiten Welt seid ihr weiß der Herr weiß der Teufel warum auch dort gelandet wie Außerirdische Und du der sauber Herr Saubär tut seinen Schwanz heraus und reißt einer ihr schwarzes T-Shirt runter ihr mit einem Golddrachen besticktes und boxt ihr gegen die Brüst
Und das waren dir Brüst Mordsbrüst Und die sind mir nicht mehr aus dem Sinn gegangen Tagelang in

der Metzgerei keinen andern Gedanken fassen können und mich zugleich gefürchtet vor dem Gedanken wegen dem Saufleisch und dem Blut und den Messern allüberall in der Metzgerei weil die Brüst die waren doch das schönste auf der Welt für mich zu der selbigen Zeit
Und der Teufel in dir zwingt sie du brutale Sau daß sie Klavier spielt und derweil sie am Klavier herumtut Alle meine Entchen ein bißchen Flohwalzer reißt du ihr vom Schlüpfer Schwänzchen in die Höh von den Hot Pants das Gummiband heraus daß ihr immer wieder die Hot Pants herunterrutschen und der Schlüpfer und weil sie am Klavier aber das weißt du Sack eiskalt nichts zustande bringt zwingst du sie dann volle Pulle zum Saxophonspielen
Und derweil sie auf deinem Saxophon spielen muß und du Arsch von Klostermeyer nackt auf der Tastatur sitzt hast du in der Nacht nach der Muttertotensuppen schwarz auf weiß gesagt zu mir Dich hat keine Mutter geboren Kühn dich haben die Wildsäu ausgegraben Sei nicht traurig um die alte Kühnin das Suffloch selig
Sagt so ein Sauhund wie du Klostermeyer brühwarm zu mir da war die Mutter noch kaum kalt und die Cora bläst in ihr Saxophon und ich weiß auf einmal Die oder keine Die Cora wird meine Frau Und wenn ich den Klostermeyer die Sau abstechen muß
Und immer noch hab ich ihr Gesicht die schönen Lippen vor Augen Wie ihr das Wasser herunterge-

laufen ist das hat mir ins Herz hinein weh getan obwohl es im Grunde geil war Saugeil
Und auf einmal ist so ein runzliges Gesicht gekommen so weißes Haar und auf einmal ist so ein alter Mann aufgekreuzt und ich hab in meinem Surrer nicht erkannt wer das sein will in meinem Corawahn nicht gesehen daß das der Frankenstein sein soll und in Wirklichkeit einer von deinem Mafiaclan war und ich steh vor dem alten Mann Was tut auf einmal ein alter Mann hier lammfromm auf und biet ihm meinen Platz an und denk allweil Das ist doch mein toter Vater am End im Tod noch ewig weitergealtert
Und es ist mir plötzlich noch mehr peinlich was du da mit der Cora tust und deinem Saxophon Und auf einmal sind wegen dem alten Mann alle mitsammen ganz zerwirrt gewesen weil alle in dem Kumpel von dir mit seiner Masken nicht mehr den Frankenstein sehen nur einen steinalten Mann
Und die Stimmung stürzt und die Stimmung stürzt und die Stimmung stürzt und stürzt und stürzt und du stutzt und tust ihm die Masken herunter und ist irgendein Mafia-Itaker oder irgendein Mafia-Iwan und du scheißt mich noch mords- noch saumäßig zusammen von wegen Spielverderber Suffloch Sinnlos Frankenstein Dracula Werwolf und dein Saxophon ist wie weggezaubert Und es war am End alles nur Spuk Hirnspuk
Wie jetzt du Klostermeyer Hirnspuk nur Ein Hirnspuk mit Hitlermaske

Als Kind wie oft Pferdhuf gehalten wo mein Vater beschlagen hat und ich mich insgeheim gefragt Bin ich jetzt überhaupt ist das alles rings um mich überhaupt Wirklichkeit Bis mir mein Vater eine Fotze hineingehaut hat

Aua du Arsch Tu deine Wichsgriffel weg von mir

Blas mir das Hirn aus Aus dann hab ich Gewißheit

Klostermeyer dich anderntags angehaut daß mich der Anblick von der Cora umgehaut hat Klostermeyer hör her mich hat die Cora mords hinaufgehaut ich brauch die Cora auf immer und ewig auf Leben und Tod Und hab sie dir abgeluchst und Ersatz versprochen aus Thailand

Hörst du mir überhaupt zu Bist es überhaupt du Red ich überhaupt

Mir kommts so vor als wie

Vor mir laufen einfach so Film ab vor Augen

Ob die tote Cora auch nur ein Film

Im Anfang wars ewig schwer die Cora zu angeln Da ist noch ewig Wasser die Waldnaab getal geflossen bis zur Mündung ins Schwarze Meer

Die Cora ewig einen Narren gefressen gehabt an dir wost sie nicht nur zur Hur gemacht hat sondern überhaupt zur Frau

Ewig gut gewesen zu mir im Anfang der Klostermeyer hat die Cora ewig lang noch dahergetan Der Klostermeyer nach der Abtreibung Das war das reinste Paradies der Klostermeyer Ich und der Klostermeyer Der hat mich an sich gefesselt im Anfang

der Klostermeyer Alles für mich getan der Klostermeyer Keine Hand rühren dürfen Der hat mir das Frühstück gebracht ans Bett der Klostermeyer Den Kaffee geschüttet in den Mund Mir Hörnchen in Nutella getaucht Mir die Zähne geputzt der Klostermeyer ja sogar den Arsch gewischt
Und so in dem Sinn ist es allweil gegangen die hat mir ja Der Klostermeyer hint der Klostermeyer vorn direkt Minderwertigkeitskomplexe hineingedrückt von Anfang an Durch dich den Scheißklostermeyer Weil der Klostermeyer das war noch ein Kavalier der Klostermeyer alte Schule und so weiter Tag um Tag Nacht für Nacht
Aber sie hat mich dann doch geliebt Ich hab sogar gearbeitet für sie weiter als Metzger im Anfang Metzger ist meiner Lebtag noch eine handfestere Geschichte wo sich Blut hin Blut her gewaschen hat
Mein Gott der Häcksler ist schießt mir jetzt durch den Kopf Vielleicht nicht nur ein entfernter Vetter von der Mutter der Häcksler könnt gut und gern mein Vater sein O Gott o Gott Das wär der Horror pur wär ich als Idiot auf ewig im Genkäfig von einem Affen und dann die Mutter
Wenn übers Wochenende o Gott o Gott Säu da waren von Bauern Da wird nicht gefüttert übers Wochenende daß sich die Säu ausscheißen daß man in die Därm besser Blutwurst- und besser Leberwurstzeug stopfen kann Aber wehe es geht übers Wo-

chenend mit den Boxen nicht aus daß nicht alle Säu von einem Bauern auch in eine Box passen und daß eine Sau übrigbleibt und in eine Box kommt wo Säu sind von einem anderen Bauern
Da wirds arg die beißen sie zutod Der Häcksler hergegangen und den Säuen mit einem Mordstrumm Knüppel über die Goschen gehaut bis ihnen die Kiefer brochen sind So war mit dem Zutodbeißen mit dem Auffressen gleich eine Ruh
Weil mir die Metzgerei gestunken hat Stundenlang literweis Blut in den Stiefeln gehabt Saublut Stierblut Lammblut
Gottfroh gewesen im Grunde wie ich in der Früh nicht mehr zum Schlachten gemüßt hab am Montag allweil wenn der Wind gekommen ist aus dem Süden und der Geruch so brutal süßlich war so sausüßlich am Sonntag sogar in den Gottesdienst gegangen und überhaupt eine Mordsidylle allweil Sonntag für Sonntag mit Frau und Kind auf der Welt und jeden Montag stichst Herrgott noch mal Säu ab
Und schon bist du Sakramenter wieder einmal massiv in mein Eheglück mit einer Hur einer ehemaligen gebrochen und hast Ersatz Ersatz Ersatz verlangt für die Cora
Ja druck ab Laß die Trommel kreisen
Und druck ab
Klick
Ja dreh gleich noch einmal Schieß oder hast Schiß

Hast ja gar nichts drin Die Kammern sind leer unter Garantie
Das war schon gleich ein Hammer Thailand zugegeben in die Disco getigert unter der Spiegelkugel getanzt wie ein Derwisch und die Thaiweiber irgendwie alle klein Eine nur war größer und ich eine mords eine Wärme gespürt und ewig abgefahren auf die
Die Marylin sich immer so geziert so geschämig getan und es nie soweit kommen lassen immer abgelenkt im Bett sich weggedreht wie so ein ganz junges Ding wo noch unschuldig ist
Aber die Ablenkung war ein Höhepunkt ungeheuer göttlich wirklich wunderbar in ihrem Mund bin ich explodiert wie ein Feuerwerkskörper der Christus vom Grünewald auf dem Sterbebild von meiner Mutter mir durch den Kopf geschossen die Purpurraketen vor grüngelbem Horizont
Meine Mutter hat sich wie sie trocken war gegen Ende immer wieder gekniet an unser Grab und x-mal in voller Lautstärke gesagt vor Gott und der Welt Geh Papa komm und hol mich Geh Papa komm und hol mich
Eine halbe Ewigkeit mit der Marylin in den Norden dort leben ihre Eltern gefahren Weg von Bangkok weg von der sündigen Meile weg von der Bar weg von dem Dreck
Und die Marylin am Fluß vom Jenseits erzählt in ihrer Hütte So wie die Sonne im Grunde nie untergeht

tut die Marylin daher Es scheint nur so daß sie dem einen auf- und dem andern untergeht So ist es auch mit dem Jenseits Im Jenseits ist das Diesseits dann das Jenseits Wenn ein Mensch im Diesseits geboren wird stirbt er im Jenseits Wenn ein Mensch im Diesseits stirbt wird er geboren im Jenseits Und ein Mann wird wiedergeboren als Frau und eine Frau als Mann hat die Marylin felsenfest geglaubt am Fluß

Dann sag ich Treffen wir ja wieder zusammen als Paar Bloß bist dann du der Mann und ich die Frau o Gott o Gott

Wait and see hat die Marylin nur gesagt und so hineingelächelt in sich

In der Früh um fünf herum aufgewacht durch den Geruch von Rauch Die erste Suppe über dem Feuer Ich aufgestanden und hinunter zu den Rindern wie so Büffelköpf über dem Nebel und der Sonne ihr rotstichigs Licht im Fluß mein ganzes Leben läuft ab unter Opium wie kurz vor dem Jenseits über allem ein goldenes Licht auf einmal ist Buddha in der Bambushütte betet die Marylin und zündet Räucherkerzen

Und ich seh Buddha an und denk Hoffentlich komm ich nicht auf Horror und seh Frankenstein bin ja zusammengesetzt aus sovielen Menschen wie ein Fernseher wo alle Programme gleichzeitig laufen Oder seh Dracula bin ja einer wo alles aussaugt was einen Rock anhat oder seh Werwolf bin ja ein Raub-

tier im Grunde wenn ich einen Polizisten seh Oder ich seh Hitler gar in Buddha
Und Schwarz
Oder seh was ich jetzt wieder seh dich den Teufel Klostermeyer
Und bin auf der Straß plötzlich durch Menschen gegangen wie ein Toter unsichtbar und die Menschen sind durch mich durchgangen ihr Körperschweiß mein Körperschweiß ihre Traumtrümmer meine Traumtrümmer
Plötzlich ist mein toter Vater im Raum und der Raum war wieder wie unsere Küch und der Vater hat einen Armvoll Holzscheit vor der Brust und kniet sich hin an den Ofen und macht Feuer und es ist ein Katzenkadaver unter den Holzscheiten voller Mäus wo sich ewig ins Fleisch gefressen haben und mein Vater haut die Katz aus dem Fenster auf die Straß hinab und ich frag Vater wie ist es dort wo du bist
Und mein Vater sagt Man opfert sich durch
Das versetzt mir einen gewaltigen Schlag weil mein Vater zeitlebens mit Religion nichts gehabt hat am Hut Ganz im Gegenteil Wenn der Arsch kalt ist ist Feierabend war sein Standardspruch gewesen in Hinsicht aufs Jenseits
Und es sind dir andere Tote im Raum und ich bin der einzig Lebendige das seh ich weil ich nicht leucht oder anders leucht Im Kühlschrank ist ein Wein so ein kirrsaurer Vulkanwein vom Vesuv

Nein nein sagt meine Mutter Das ist das Blut Christi ist das und die Totensuppen von mir war keine Totensuppen sondern eine Kommunion
Und ich sag Stimmt das Mutter was die Stimmen sagen daß du nicht verschieden bist nur anders
Nein sagt sie Bub Das kann nicht stimmen was die sagen und kommt auf mich zu und legt mir ihre Hand auf die Schulter und versengt mir sakrisch die Haut und sie
Und sie löst sich Stichflammen kommen aus ihrem Körper auf in der Luft ein Schwirren Wie wenn ein Habicht vom Gewitterregen naß auf einer Stromleitung plötzlich in einem Funkenmeer steht Wenn es aus ihm direkt Feuer haut aus den Flügeln und aus der Brust
Und ich frag die Toten wie es ihnen geht in ihrer Welt und was ich in meinem Leben anders machen soll in Hinblick aufs Jenseits
Und sie sagen mir Alles Alles Alles
Und ich krieg nur soviel mit daß alles alles alles was ich trieben hab bisher auf dieser Welt im Arsch ist von Jugend auf Und die Toten allesamt werden für eine Weile durchsichtig
Und ich weiß mir hat der Tod einen guten Rat geben Eiskalt den gesamten Rucksack katholischen Krampf aus dem Kreuz ficken
Jaja Klostermeyer Ich war ohne jeden Abstrich eine Sau im Leben zugegeben Aber ich hab eine Lossprechung erlebt unter Opium aufrichtig bereut

Ich bin bereit Ich hab mein Höllisches verbrannt in einem ungeheuren Fegefeuer im Himmel von der Marylin
Und auf einmal glaub ich Ich verreck weil mir die Marylin im Kreuz liegt und mich mich mich Einen Schwanz im Arsch von deiner Herzlady ist nicht jedermanns Sache
Aber wem bin ich Rechenschaft schuldig Dir Drecksau gewiß nicht Am End wär ja die sexuelle Revolution für den Arsch gewesen der Anfang vom Ende
Beim Herunterkommen vom Opium voll unter der Glocke O Gott o Teufel das geht doch nicht
Aber die hat einfach göttlich ins Horn gestoßen *Tut* sagen die dafür *I want to see him* Und *Tut* So kann das kein Weib
Deswegen ist die Marylin ja auch der Kracher im NATIONAL Sogar die Polizei der Herzer die Justiz der Stiersdorfer der Glück sind hin und weg haben ihr Herz verloren auf einer Zunge
Das hat die Cora nimmer gepackt und aus Eifersucht das Brieferlschreiben angefangen weil die ander ist im NATIONAL die Französische Revolution in Reinkultur die Marylin
Mit der Marylin und ihrer Familie in Thailand Python gegessen Jetzt zieht sie mich und ihre Mutter auf die Seite und tut unter einer Leiter ihren BH herunter ihre frische Brust raus quetscht sie zusammen macht mords ihr Theater
Die Mutter hat die Narben um jede Brust gleich ge-

sehen und die hat nur gelacht und Merlin gesagt und die Marylin hat gelacht und Marylin gesagt Die Mutter hat gemerkt ihr Kind ist trotz Schmerz in der Brust glücklich jetzt

Alles natürlich ewig gebrannt Durch die Hormonbehandlung war ja über Jahre so eine kleine Brust bereits gewachsen aus der schon immer so ein wenig Wasser und so ein wenig Milch gekommen ist Und wenn der Busen noch so künstlich ist die Milch ist echt Und das haut die stärksten Leute um

Wenn die sagen *Are you lady or are you man* Dann macht die Marylin nur so Und wusch schießt ein Strutz Milch aus ihrer Brust dem Spottvogel ins Gesicht Oder sie mixt dir einen Spezial-Cocktail Batita-de-Coco mit einem Schuß Milch frisch aus ihrer Herzbrust

Und ich das ist die Scheiße Klostermeyer aber das hast du nie gehabt im Leben ich war schon mords verliebt du Scheiße und sie auch

Der Merlin will ganz die Marylin werden Merlin will ganz Frau werden Marylin meine Frau

Da wird mit schwarzer Kreide der Kreis markiert dann seitlich ein Schnitt neben der Achselhöhle und es fahrt der Doktor mit der Spritze rein und formt die Brust so aus amerikanischem Zeug Kein Silikon *Jelly* So Salzwasser eine Art Meerwasser muß alle paar Jahr neu ausgossen werden Merlin hat sich die Lösung in die Brustwarzen spritzen lassen ihr Busen ist fraulicher

Trotz der Narbe sind künstliche Brüst schöner als echte Die Cora vielleicht ausgenommen Aber ich hab sie nie nebeneinanderstellen können Die hätten sich abgestochen soviel steht fest

Die neue Brust war nicht hart wie Beton zum Glück sondern weicher wie jede Brust sonst auf der Welt und immer voll Milch Wie von einer Mutter die Brust wie die von der Cora für den Felix

Künstliche Brüst hängen auf jeden Fall anders man spürt die Erdanziehung anders wenn sie kommt und auf dich zugehen tut wie die Sonne Aber das Zipfelwegschneiden ist die Härte pur

Ich hab die Geburt ausgehalten vom Felix weil ich die Cora geliebt hab

Und ich hab das Brustformen ausgehalten weil ich die Marylin geliebt hab Aber das Zipfelwegrasieren o Gott o Teufel allein die Vorstellung Aus der Eichel wird der Kitzler

Hat sie ihn eigentlich noch die Marylin oder ist sie schon durch und durch Frau Klostermeyer

Wer weiß bist nicht du in der Zeit wo ich in Thailand Ersatz gesucht hab für sie wieder mit ihr zusammen du die Sau gewesen wo der Cora jetzt die Brüst abgeschnitten hat

Knips mich aus sonst Ich Ich operier dir deinen Schwanz weg Klostermeyer und wenn ich drei Tag kotzen muß

Merlin hat mir ein Kifffreak aus Griechenland verzählt in gebrochenem Englisch Ist wie ein Zauberer

gewesen ein blinder Seher wo in der Zeit anders unterwegs war wie wir entgegensetzt sozusagen
Der ist doch wie vom Weltuntergang her aus der Zukunft gekommen und da hat er einmal einen Gott oder was getroffen in der Gegenwart ein Götterpaar in der Antike und die haben ihn gefragt ob die Lust vom Mann größer ist oder die Lust vom Weib in der Liebe
Und der Merlin hat es nicht gewußt und ist in ein Weib verwandelt worden und hat spitzgekriegt daß die Lust von einem Weib achtmal sakrischer ist wie so ein Samenerguß
Nach der Brustoperation Fieber ohne Ende ihr die Schüssel unter den Arsch geschoben und mir ist es selber saudreckig gegangen vor Ekel und noch eine Lebensmittelvergiftung dazu
Wenn du mit jemand durch Scheiße gehst kriegt die Liebe eine große Gewalt über dein Leben
Klostermeyer du bist eine arme Sau weil du das nicht kennst Du hast immer nur durch Macht und Geld gefickt
Unsere Kohle ist durch die Brustoptimierung flöten gewesen und die Marylin Da hat es dir Scheißaugenblick geben wo du privat volle Kanüle betroffen warst wenn deine Herzlady mit einem Freier rumtourt
Da gibts ein Video über den Zustand wie ich da schau von einem DDRler aufgenommen aus Dresden Die sind ja eh so menschlich die von drüben

Ist es für unsereinen schon ein Hammer was da abgeht Kapitalismus pur Marylin in meinem Fall und der Marylin ihre Kifffreundin die *Cat* in seinem Fall ist es für einen Kommunisten ein solcher Überhammer und Himmel auf Erden daß er sein Glück um jeden Preis verewigen muß auf Video sein Glück mit der Kifffreundin einem Thaikatoi so heißen die Umgebauten dort

Und der Dresdner ewig nur auf sächsisch von der großen Liebe seines Lebens geschwärmt Und ich gutmütig wie Sau im Grunde hab es nicht über mich gebracht sein Strahlen und seine Supergaudi die Illusion von einem Superweib wegzublasen und ihm zu sagen daß er in Wirklichkeit mit einem Mann fickt Der stünd ja auf Lebzeiten unter Schock

So ein Umgebauter der so eine Umgebaute die weiß doch besser wie jedes Originalweib wie der Hase läuft nach der Wende in der Liebe und hat das Herz von so einem im Grunde total harmoniesüchtigen sächsischen Kommunisten souverän im Griff unter Garantie weiß die wie der tickt

Und die Marylin und die *Cat* die Kifffreundin Hinter der Bar war die Fickhütte die Sündenhütte hoch zehn da gehen sie zu zweit nach hinten mit einem wo ich nicht gesehen hab und zwei Schweden

Und ich mach da von der Hütte den Fensterladen klapp ich ein wenig weg und wen seh ich da nicht Den Herzer

Sein Weib mit Krebs auf Kur im Harz Du die

nimmt das leicht spielt mit ihren Brustattrappen ja die jongliert direkt damit mein Weib Unkraut verdirbt nicht
Und der Herzerpolizist durch und durch verdorben Vergessen um jeden Preis heißt die Parole ist total zu in Thailand und bringt ums Verrecken nichts zusammen in der Fickhütten Und die Marylin werkelt und zustert und tut umeinander an ihm
Ich gedacht ich werd nicht mehr Wo kommt denn jetzt der Herzer her
Und plötzlich sind sie mir aus dem Blickfeld weil der Wind den Fensterladen zuknallt und ich schau durch die Ritzen der andern zu wie sie in jeder Hand einen mal den linken mal den rechten Schwanz küßt von den Schweden
Ein alter Schwede der hat ganz räudig ausgeschaut Teufel der hat die Seuche Was ist wenn die Marylin Und der Schockfick in der Opiumhütten Da war Blut im Spiel schießt mir siedheiß durch den Kopf O Gott ich glaub ich hab schon seit der Kinderzeit nimmer so gebetet und ich sag Lieber Gott
Und in dem Augenblick fällt mir aus der Hütten die war unten nicht dicht da war so ein ewig breiter Spalt der Pariser mit dem brühwarmen Samen vom Herzer auf die Füß und ich barfuß in den Schlappen Kreuzteufel noch auch dagestanden wie ein Stein kurz vor dem Zerspringen und gedacht Sowas liebst du
Sie hat immer gesagt Geschäft *Not love heart love body*

Okay Der Kandidat kriegt seinen Samenerguß aber das Herz hat er nicht in der Hand Das stimmt schon im Gespräch aber wenn du dir das vor Ort gibst haut es dir den Vogel heraus und dann erst der Verdacht Tod durch Liebe wie so ein Hammer wo dir original das Hirn zermatschen tut
Und Schwarz
Und auf einmal hör ich in dem Zustand der Cora ihre Stimme Jeder Blume die ich blühen seh fühl ich mich verbunden jedem Strauch wo blüht Unsere Katze ist auch schwanger Wolfram mein Geist geht irgendmal mit ihr über Wiesen voll Tau und Löwenzahn
Cora wie geht es dir da wo du jetzt bist
Meine Liebe zu dir wird von Tag zu Tag größer Wolfram und die Angst um dich Die Angst daß du nie dahin kommst wo ich jetzt bin
O Cora der Teufel von Klostermeyer
Und Schwarz
Und wie ich wieder zu mir komm ist die Cora tot in deinem elektrischen Bett für dreißigtausend Eier hat sich der Kreis geschlossen in ihrem Blut
Das Bett wippt noch immer mords hin und her mit dem toten Körper Das war dir ein Bild Der Kopf die Cora vor Augen keinen abstrakten Akt mehr zusammengebracht übers Herz Nur ihre Brüst seh ich herausstechen aus seinem Geschmier Aus seinem Rot
Und die Cora muß dich schon mit all ihren Weibs-

waffen becirct haben Klostermeyer daß du für sauviel Geld den Kopf als Künstler kaufst den Akt in Rot Das war ihr Ende ihr Tod
Klostermeyer Nein Nein Nein Deinen Schwanz kannst in der Apotheken lassen ich bin kein Schwuler
Druck ab Druck ab Druck ab Und es kommt kein Klick Es kommt ein Schuß und ich ich ich
Bin ich doch im Jenseits bereits
Ach du hast ja gar keinen Schwanz Du hast ja einen Kitzler Hitler Und ich soll ihn küssen
Ja aber Aber was ist das Was spritzt mir Was spritzt mir da feucht ins Genick
Milch

IV.

Marylinmilch

Und ich Ich hab einen *Flash* jetzt Jetzt läuft der Film perfekt ab vor meinen Augen Marylin du bist das hinter der Hitlermaske Du hast die Cora gekillt Wer sonst hätt so saubrutal ihr die wunderbaren Brüst wo es nur du hättst aufnehmen können mit deinen künstlichen

Und jetzt bist du ja ganz Frau Marylin Freu dich doch

O ja ich küß dich wo du Frau geworden bist Bis du kommst kommst kommst

Ich weiß noch wie ich kommen bin wie mir der Christus vom Grünewald durch den Kopf geschossen ist die Purpurrakete auf dem Sterbebild meiner Mutter in Thailand

Komm Marylin Komm Komm Komm

Komm zu mir Marylin

Und dann

Kill mich *Kill me* Marylin daß eine Ruh ist

Ja ich hab dir das Geld versprochen für die Operation Ja ich hab mein Versprechen gebrochen Und ich hab dir nichts erzählt gehabt von der Cora und dem Felix Und ich bin nicht weggegangen von der Cora und vom Felix

Ich hab dich schweren Herzens vercheckt an den Klostermeyer Ich hab ja gehofft du bleibst als Schwester im Heiliggeistspital und gehst Operati-

onsgeld hin Operationsgeld her nie als Hur ins NATIONAL
Und jetzt hat die Cora gegen meinen Willen und gegen mein Wissen dein Ende in Deutschland hervorgerufen
Komm Marylin Komm Komm Komm
Komm zu mir Marylin
Oder geht es dir wie der *Cat* Wo nimmer hat kommen können nach der Umwandlung total stoned einen Vulkan hochgetigert auf Java und gesteinigt worden durch Glutbrocken
Druck ab Druck ab Druck ab
Und der Schuß kommt nicht und kommt nicht Wenn ich den Schuß nicht gehört hab bin ich tot im Jenseits bereits
Und Schwarz
Und Schuß Und wie ich zu mir komm liegen die zwei Frauen meines Lebens tot um mich herum Und kein Schwein auf der Welt wird mir glauben
Und Schwarz auf ewig ich

Werner Fritsch
im Suhrkamp Verlag

Cherubim
1987

Steinbruch
1989

Fleischwolf. Gefecht
1992

Sense
1992

Stechapfel. Legende
1995

Es gibt keine Sünde im Süden des Herzens. Stücke
1999